Kama Sutra

Pubblicato da
Lustre Press Pvt. Ltd., New Delhi - India, 1995
Edizione Italiana
Magis Books Editori - Reggio Emilia

Ideato e realizzato da Lustre Press Pvt Ltd editore

Ristampato in 2008

Ha pubblicato in India da Roli Books in arrngement con Roli & Janssen, BV

ISBN: 978-81-7437-031-0

M-75, G.K. - II (Market)
New Delhi-110 048, India.
Ph: ++91-11-29212271, 29212782,
Fax: ++91-11-29217185
Email: roli@vsnl.com,
Website: rolibooks.com

Si possono dividere gli uomini in tre classi, a seconda della misura del lingam; l' uomo-lepre, l' uomo-toro e l' uomo-cavallo. Anche le donne vengono classificate, secondo la profondità della yoni, e definite cerva, cavalla o elefante.

Kama Sutra

Lustre Press
Roli Books

IL *KAMA SUTRA* di Vatsyayana, tradotto come 'L' Arte dell' Amore' o 'Aforismi sull' Amore', è un testo classico sull' amore e il sesso, conosciuto in tutto il mondo. Redatto a Benares fra il primo ed il quarto secolo d.C. dal saggio Vatsyayana come opera di studio, il *Kama Sutra* è più un trattato di condotta che di sessualità. Esso esprime un' attitudine verso la vita che si fa sempre più rara - questa ci insegna che la realtà è essenzialmente godimento, e ciò è ancor più vero riguardo all' amore e al sesso; che uomini e donne hanno egualmente diritto al piacere e devono ricercare vie e mezzi per accrescerlo. Il *Kama Sutra* dà insegnamenti non solo sull' arte dell' amore e del sesso, ma anche sull' importanza del canto, della danza, della conversazione, del vestire e del buon vivere.

L' immagine della sua vita e della sua epoca che Vatsyayana dipinge è affascinante. Presentiamo qui alcuni brani del trattato che rendono l' idea del testo

Nella pagina accanto: *Uno dei segni che rivelano che una donna è innnamorata, è il mostrarsi all' amato in luoghi appartati.*

Nelle due pagine seguenti: *La posizione in cui la donna solleva le gambe mentre l'uomo la prende è chiamata la 'conchiglia'.*

originale, trascurato dai lettori a favore della sola ricerca delle sessantaquattro posizioni dell' amore.

Vatsyayana definisce ideale per abitarvi un luogo vicino all' acqua, circondato da un giardino, con camere rese fresche da profumi, con soffici letti e ghirlande e mazzi di fiori sospesi su di essi, e un baldacchino e cuscini alle due estremità del letto. Deve esservi uno sgabello per appoggiarvi unguenti fragranti per la notte, un vasetto di collirio, essenze e sostanze atte a profumare la bocca.

Al mattino il gentiluomo deve lavarsi i denti,

Quando uno degli amanti stringe fortemente una od entrambe le gambe dell' altro fra le sue questo è chiamato'l' abbraccio delle gambe'.

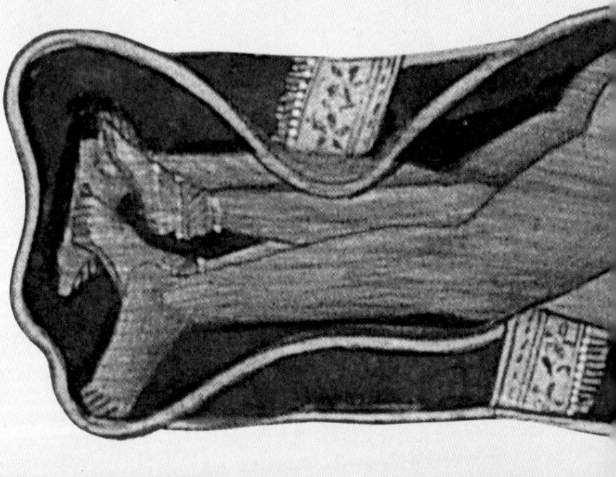

applicare un poco di unguento e profumo sul corpo, adornarsi di gioielli, tingersi le labbra e specchiarsi. Egli prenderà un bagno quotidianamente, ungerà il corpo con olio a giorni alterni, si farà radere il capo (compreso il viso) ogni quattro giorni, e le altre parti ogni cinque o dieci giorni. Tali compiti devono essere eseguiti senza meno e deve pure essere eliminata la traspirazione delle ascelle....La sera vi sarà della musica e il gentiluomo attenderà nella propria camera , in compagnia di un amico, l' arrivo della donna.

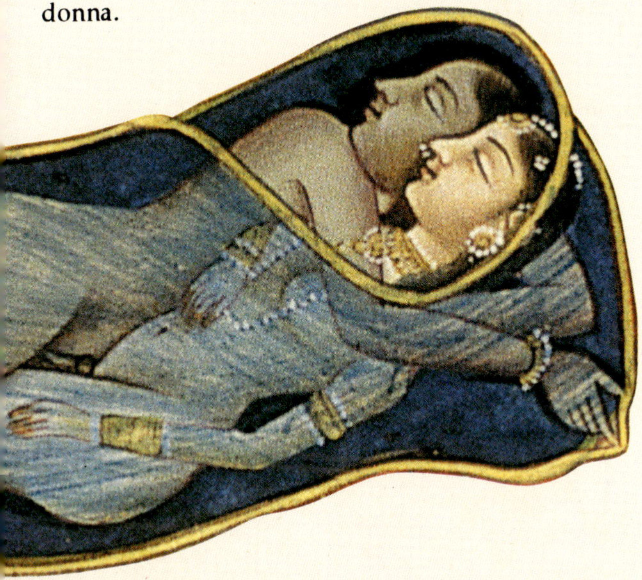

Dopo che ella sia giunta, il gentiluomo e l' amico la intratterranno in dolci conversazioni. In tal modo hanno fine le prescrizioni riguardanti il giorno.

Una donna dovrebbe apprendere il *Kama Sutra* e studiarne la pratica in compagnia di un' amica intima. Deve studiare da sola, in privato le sessantaquattro pratiche incluse nel Kama Shastra.

Le donne dell' harem reale non potevano vedere o incontrare alcun uomo, giacché vivevano totalmente segregate; né i loro desideri potevano essere soddisfatti, poiché il marito aveva molte mogli. Per tali ragioni esse si davano piacere l' un l' altra in vari modi.

L' istruttrice dovrebbe essere la figlia di una governante, cresciuta insieme a lei e già sposata, o un' amica di cui ella possa fidarsi, o un' anziana domestica. Oltre al *Kama Sutra*, una donna dovrebbe conoscere il canto, la danza, saper suonare qualche

Quando la passione si fa intensa, è comune il graffio amoroso; ove l' amante stia per partire per un viaggio, quando ci si riconcili dopo una lite, o la donna sia inebriata.

L' amore della donna si rinnova quando ella vede i segni delle unghie dell' amante sulle proprie parti intime, pure se questi sono ormai vecchi e quasi cancellati.

strumento musicale, scrivere, disegnare, conoscere l' arte della decorazione, la magia, i giochi di abilità, l' arte culinaria, il mimo e l' imitazione e la lavorazione del legno; dovrebbe avere conoscenze riguardo all' oreficeria e argenteria, saper insegnare a parlare ai pappagalli, comporre poesie, conoscere i giochi d' azzardo e molte arti ancora.

Le parti che devono essere baciate sono le seguenti, ovvero: la fronte, gli occhi, le guance, la gola, il torace, i seni, i capezzoli, le labbra e l' interno della bocca. In occasione del primo congresso carnale è bene limitarsi nei baci, nei graffi e nei toccamenti con unghie e dita.

Quando l' uomo supplica la donna di poter avere un rapporto sessuale con lei, ella dovrebbe permettergli soltanto di toccarle le parti intime. L' uomo dovrebbe allora sciogliergli il nodo della cintura, abbassarle l' indumento intimo e massaggiarla dolcemente nel punto dove si uniscono le cosce nude.

Quando le gambe dell' amante sono piegate e poggiano sul suo petto questa è detta la'posizione premuta'. Quando entrambe le gambe della donna sono piegate e poggiate sul suo stomaco questa è la posizione del 'granchio'.

Nelle due pagine precedenti: *Quando l' uomo preme la parte mediana, o jaghana, della donna contro il proprio corpo e sale su di lei per penetrarla, questo viene definito l' 'abbraccio del jaghana'.*

La parte del Kama Sutra che tratta dell' unione sessuale è detta delle 'sessantaquattro arti' ed esamina otto argomenti: abbracci, baci, graffi delle unghie e delle dita, morsi, modi di giacere, suoni, il far la parte dell' uomo e il rapporto orale o auparishtaka. Poiché ciascuno degli otto argomenti è suddiviso in otto parti, ed otto moltiplicato otto dà sessantaquattro, il titolo di questa parte del testo: 'sessantaquattro arti' è assai appropriato. In ogni modo alcune delle sessantaquattro posizioni descritte da Vatsyayana sembrano destinate in special modo a contorsionisti od acrobati.

Quando, durante l' unione, la donna gira come una ruota; questo è detto il 'culmine'. Tale maniera si apprende solo con la pratica.

Quando sul seno viene impresso il segno ad arco delle cinque unghie, questo è chiamato la 'zampa del pavone'.

Chi sia dotato di fantasia dovrebbe sperimentare diversi tipi di unione, imitando le posizioni di vari tipi di animali ed uccelli. In tal modo si possono avere l' unione dell' elefante, o Hastika, e quella del cervo, o Mrigi.

Quando l' uomo solleva la parte mediana del corpo e la donna fa ruotare il proprio corpo, questa è chiamata l' 'altalena'.

Se l' uomo e la donna imparano ad oscillare l' uno al ritmo dell' altro, il loro amore non s' infiacchirà neppure dopo cent' anni.

Quando l' uomo e la donna si uniscono in piedi, sostenendosi l' un l' altro, questo è detto il 'tripode' o l' 'unione sostenuta'.

Quando la donna pone la testa in basso e solleva la parte mediana del corpo, questa viene definita la ' posizione aperta'.

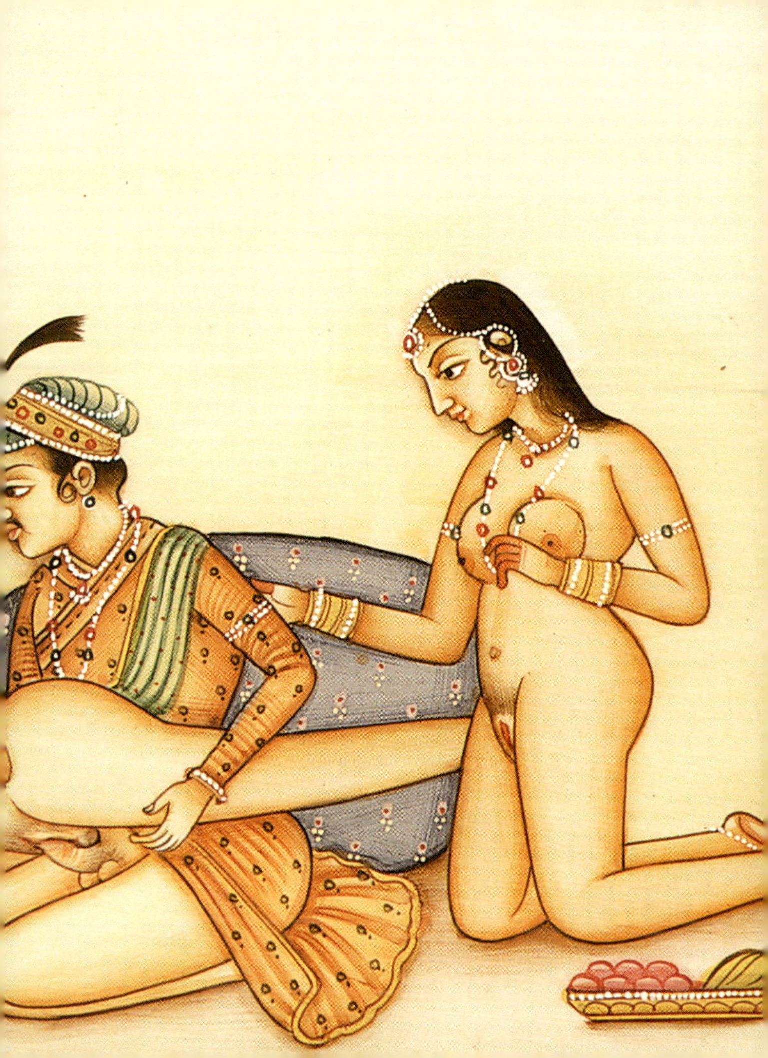

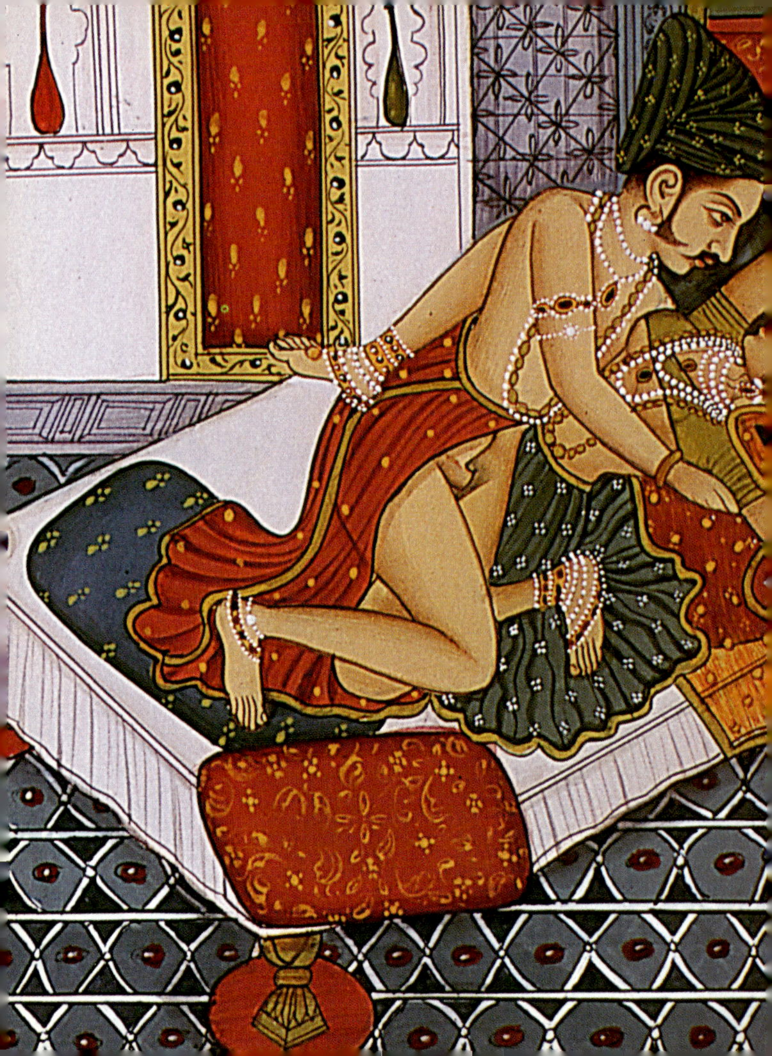

Nel caso di un' 'unione alta' la donna del tipo Mrigi (cervo) deve giacere in modo tale da allargare la sua yoni, mentre in un' 'unione bassa' la donna Hastini (elefante) deve coricarsi in modo da restringere la propria. Ma nel caso di un' 'unione eguale', entrambi gli amanti si sdraieranno in una posizione naturale. Quanto detto per le donne Mrigi ed Hastini vale pure per la donna Vadawa, o giumenta. In un' 'unione bassa' la donna in particolare deve far uso di medicine che rendano rapida la soddisfazione del desiderio.

Nelle pagine precedenti: *Quando il lingam è eretto l' uomo dovrebbe toccare la donna e manipolare dolcemente le diverse parti del corpo di lei. Se la donna è ritrosa, l'uomo deve porre le mani fra le gambe di lei....Ma se la donna è esperta egli dovrà fare qualsiasi cosa sia piacevole per entrambi.*

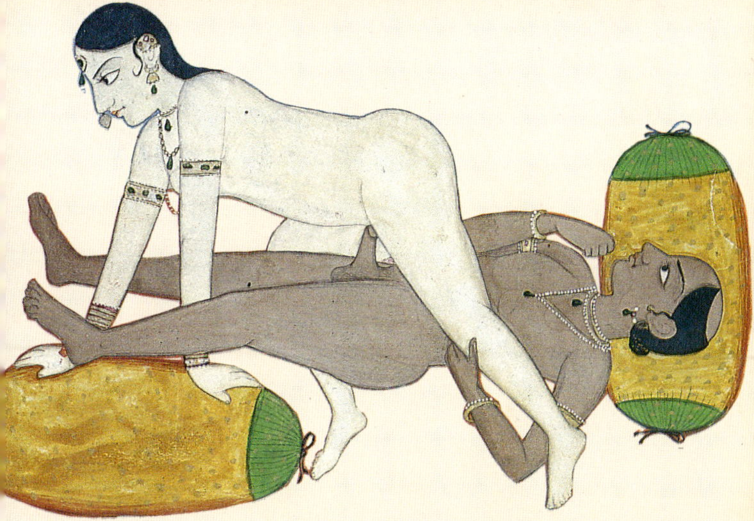

Quando la donna solleva ed apre le gambe durante l' unione, questa viene detta la 'posizione dello sbadiglio'.

Quando, durante il rapporto,ella si gira e si pone sopra l' amante senza interrompere l' unione, né ridurne il piacere, si dice che la donna fa la parte dell' uomo.

Nelle pagine seguenti: *Quando la donna vede che l' amante è affaticato dalla durata del rapporto, ma il desiderio di lui non è soddisfatto, ella, col suo permesso, lo farà giacere supino e lo aiuterà assumendo lei il ruolo attivo.*

Quando un uomo gode di due donne, che lo amino in modo eguale, allo stesso tempo, questa è chiamata l' 'unione congiunta'.

Quando l' uomo durante l' unione con una donna, pensa incessantemente di star godendo un' altra donna, di cui è innamorato, questa è definita l' unione dell' 'amore trasposto'.

Quando gli organi sessuali aderiscono l' uno all' altro in modo proprio e diretto, questo è detto 'spingere l' organo in avanti'. Quando la yoni è posta in basso e la parte superiore viene colpita dal lingam si definisce ' il forare'.

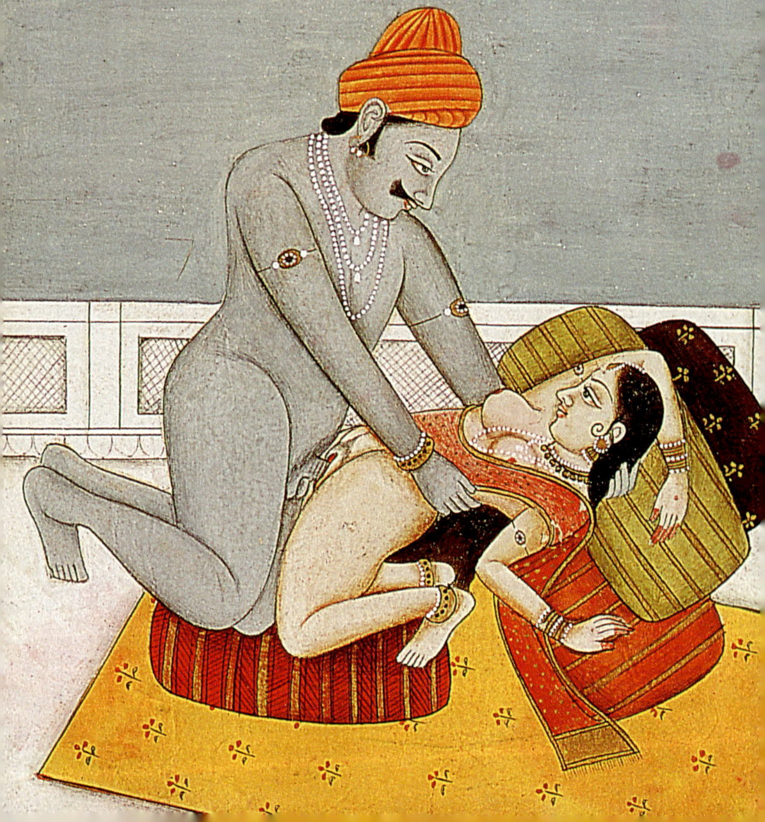

Quando il lingam e la yoni vengono mossi in alto e in basso di continuo, senza essere separati, questo viene detto il 'gioco del passero'.

Quando l' uomo prende fra le braccia la compagna e avendole separato le ginocchia, affonda in lei, schiacciandone le membra,questo è definito 'zangolare la cagliata'.

Quando solo una parte della yoni viene sfregata dal lingam, si dice il 'colpo del cinghiale'. Quando entrambi i lati della yoni sono sfregati allo stesso modo, questo è il 'colpo del toro'.

Al culmine del piacere l' uomo pensa 'questa donna è unita a me', la donna pensa ' io sono unita a quest' uomo'.

Quando la donna stringe con forza il lingam nella yoni durante il rapporto, questa è detta la 'posizione della lepre'. Tale abilità si acquisisce solo con la pratica.

Quando un uomo gode di molte donne allo stesso tempo, si chiama l' 'unione della mandria di giovenche'.

A volte diversi uomini prendono piacere da una donna, che può essere la moglie di uno di loro, uno dopo l' altro o contemporaneamente. In tal modo uno l' abbraccia, un altro la penetra, uno ne usa la bocca, un quarto le tocca il seno, in tal modo tutti a turno godono delle varie membra di lei.

Quando l' uomo e la donna si abbracciano come se volessero fondersi; sia quando la donna è in grembo all' uomo, che di fronte a lui, o su un letto, tale abbraccio si definisce la 'mistura dell' acqua col latte'.

Quando il lingam viene tenuto nella mano e girato dentro la yoni, questa è la 'zangola'. Quando la donna si appoggia sulle mani ed i piedi come un quadrupede e l' amante la monta alla maniera del toro, questa è chiamata l' 'unione della giovenca'. In tal caso tutto ciò che di solito si fa sul seno si farà sulla schiena. Similmente si possono imitare le unioni dei diversi

animali: l' unione del cane,
quella della capra, del cervo,
la monta forzata dell' asino,
la posizione del gatto, il salto
della tigre, la spinta
dell' elefante,
lo strofinamento del cinghiale
e la monta del cavallo.

Vi sono pure nove tipi di
unione a seconda della
misura del lingam e della
yoni degli amanti,
dell' intensità della passione
e del desiderio carnale.

E' buon uso prendere la mira e poi colpire.

Un cavallo che sia giunto al quinto grado di movimento avanza accecato dalla velocità; similmente una coppia di innamorati nel mezzo dell' unione è accecata dalla passione e agisce d' impulso, e non considera alcunché come eccesso.